현대시세계 시인선 167

# 나비를 보내다

김수미
시집

# 나비를 보내다

김수미
시집

도서출판 북인

## 시인의 말

깨지고 부딪치고 부스러진 삶의 지도를 읽어준 따듯한 배려에 이끌려 여기까지 왔습니다

팬덤으로 시작하게 된 이 길에 서서 일상에서 발견하는 작은 이야기들을 옮겨 적으며 위로와 용기를 배웁니다

사람을 향한 사랑이 시가 되고 그 시가 다시 빛이 되어 따뜻해지기를 소망합니다

여기까지 이끌어주신 스승님께 진심으로 감사의 말씀을 전합니다

뜨겁고 뜨거운 나의 나날이 작은 울림을 전할 수 있기를 기대합니다

2024년 초여름

김수미

# 차례

## 2부

**3부**

## 4부

# 1부

## 맹지

분명 길이 있었는데,

커다란 손이 옆의 땅을 차지하더니
길을 막아버렸다
물길도 길이어서 함께 막혔다

길을 빼앗긴 빗물이 출렁출렁 운다
앞마당에 엎어져 바다를 부른다
소용없다
어떤 읍소도 저 이웃을 넘을 수 없다

도시계획 도로 보상금 쪽으로 내민 저 손을 읽은 하늘이
고개를 홱 돌리고
길을 끌고 저쪽으로 가셨다

맹지를 주고받게 된 것은
사람의 선택이 아닌 줄 그도 알 것이다

# 힘의 논리 1

불갑사 꽃무릇처럼 바글거리는 감자탕집
미처 치우지 못한 테이블에 앉아
주섬주섬 빈 그릇을 치우는데

"여 뼈 두 개 주소!"
세상이 다 알아듣도록 고함을 지른다
"손님을 받는 거야 마는 거야"
고객이라는 왕께서 진노하셨다

식탁 위의 그릇들을 훅 휘젓는다
떨어지고 깨지고 엎어지고

한순간 조용해진 감자탕집
감자탕솥에서 부글부글 욕지거리가 흘러나온다
저쪽에서 한 사내가 천천히 일어난다
팔뚝에 감자탕보다 붉은 용이 꿈틀거린다

종류 미상의 정적이 안개처럼 번진다

나까지 술이 확! 깬다

# 다시, 봄

모종 트레이에 씨앗을 심는다
심은 것들이 모두 싹트기를 바라는 것은 아니다

공중에 매달린 내 집에서
지상에서 얻어온 몇 줌 흙을 땅이라고 우기며 사는
나도 싹트고 싶은 꿈속을 드나들지만

기다림은 지루하고 눅눅하여

나도 가끔 봄인 듯 마음을 틔우다가
마른 꽃처럼 바스락거린다

벌써 여러 날째 씨앗은 기척이 없고

매일이 쌓여야 봄이라는 말은 진부한 옛말이 되고

너무 긴 겨울을 견디는 것들을 멀리 바라본다

## 담석증

믿기 어렵겠지만
나는 몸속에서 돌을 만들어내는 특별한 능력이 있다
엄마는 아무짝에도 쓸모없는 능력이라고 혀를 차곤 했지만
못들은 척, 어릴 적부터 만들어낸 돌을 차곡차곡 쟁여두고 있다

돌은 저희끼리 작당하여 지느러미를 만들었는지
이리저리 몸속을 헤집고 다니다가
함부로 쓰러지고 드러눕고
평평한 곳을 후벼파거나 파인 곳을 넓히느라고
손톱을 기르고 발을 굴렀다

돌 틈에서 솟아오르는 돌부처를
금방 알아본 것도 물론 나였다

돌무더기가 무너졌다는 전갈을 받은 건
엄마도 없는 어느 새벽이었다

어둠이 오기 전

부딪치는 소리를 더듬어 돌의 길을 열어야 한다
단단해지기 시작하는 돌을 내보내야 한다
어쩌면, 저희끼리 부딪칠지도 모르지만

부딪친다는 것, 부딪친다는 것,

# 에스프레소

뜨겁게 내린 에스프레소 한 잔에
얼음을 가득 넣으면
차가운 물방울이 컵에 서린다

뜨거운 열정도 씹어먹고
따뜻한 사랑도 녹여먹고
커피 맛 이별이 더해지고
간절함도 건져먹고
그리움도 삼켜버린
얼음처럼 어른이 되어 서서히 사라지는 시간

얼음이 다 녹아버린 후
향기조차 흐려진 에스프레소

마흔 번의 겨울이 지나갔다는 것은
마흔 번의 봄이 있었다는 말이다

# 봄비 속을 걷다

얼어붙은 것들이 모두 떠났는데도 녹지 않는 입맛
봄나물 쓴맛을 보아야 입맛이 돈다는데

툭툭 터지는 입술, 가뭄 든 논바닥처럼 쩍쩍 갈라지는 혓바닥에게
어떻게 다시 쓴맛을 권하랴

봄비처럼, 풀어지자고
그래, 봄비 속으로 나가보자고

명주실처럼 휘감기는 봄비 속에 나를 세워두는데
뜬금없이 눈물이 솟는다

이게 다 저기 노란 민들레 꽃 때문이라고
젖은 어깨를 가만히 안아준다

# 초보 농사꾼

폭우와 폭염을 이겨낸 잡초들이
깃발처럼 펄럭이는 주말농장
주말마다 혈혈단신 그것들과 맞서러 간다
낫, 괭이, 호미, 삽 들고 싸워보지만
무기도 없는 그것들에게 번번이 무릎 꿇는다

휴전 협상으로 겨우겨우 확보한 땅 15평
화풀이하듯 흙을 뒤집는다

잠들었던 근육들이 놀라 꿈틀거릴 때쯤
포슬포슬해진 땅속에 씨앗을 묻고
싸워 이기라고 주문을 건다
근본도 모르는 것들로부터 내 영토를 지켜내라고
비겁하지만 급하면 잡아먹으라고
비료 한 줌 몰래 묻어준다

땅속에 아군을 숨겨둔 건
흙과 나만의 비밀로 하기로 한다

또 다른 전쟁이 예고되지만

나는 장수
지고도 이긴 듯한 싸움터를 떠나
또 다른 전쟁터로 향한다

이쪽 전쟁터에서는 나도 맨주먹이다

## 칼집을 내다

밤 껍질에 칼집을 낸다
칼을 받는 것은 밤 껍질인데
칼 든 손이 저릿저릿하다

칼집 없이 불속에 던져지면
비명과 함께 터져 살점 흩어지고 말 텐데

몸을 지키겠다는 단단한 껍질이
애벌레 한 마리면 금방 뚫려버릴 허름한 보호망인 것을
저도 나도 이미 아는데
버틸 때까지 버텨보려고 내 손목을 움켜쥐는지

상처란 주고받는 공식으로 성립되는 줄 알지만

상처가 지켜줄 수 있는 것들의 이름이야 줄줄이 외고 있지만
터지는 소리에 놀랄까 겁이 나
천지사방에 상처나 내고 다니며

밤마다 돌아앉아 상처를 꿰맨다고
잘 여문 밤을 골라 칼집을 낸다

# 질주 본능

내비게이션의 비명에 브레이크 위에 올려둔 발이 깜짝 놀란다
아니야, 저건 가짜야, 빈 깡통이야
카메라뿐이겠어?
천지사방에 빈 깡통이 굴러다니는 걸
그래도 번번이 속는 건
천천히 가고 싶거나 얼마쯤 쉬고 싶은 거겠지

오늘도 몇 번이나 속았다
내 질주 본능을 잡아먹을 듯 막아서는 빈 깡통들

누구보다 빠르게, 남들과는 다르게,
눈썹 휘날리며 먼저 도착하고 싶었지만
내비게이션 없이 달리다 보면
가는 방향도 지름길도 찾지 못한다

속은 듯, 속인 듯,
사실은 그렇게 쉬엄쉬엄 가는 정주행이 가장 빠른 길이다

아무리 달리고 달려도
이 모든 질주의 방향은 한 곳이다

# 내려가는 길

가을 냄새가 질펀하다는 공주로 향한다
그물망 하나 들고 밤나무 가득한 산으로 오르니
이미 다녀간 발자국들 버글거린다

밤송이 툭툭 떨어지는 소리를 이정표 삼아
정신없이 오르고 오른다
알밤으로 가득 찬 망을 끌고 돌아서는데

이런, 내려가는 길은 낭떠러지다

온통 가시밭길
욕심 가득 채운 밤 자루는 무겁고
기댈 나무 한 그루 없는 내리막길이 아득하다

엉덩방아 찧고 구르고
온몸에 상처를 남긴 후
오름과 내림을 생각하다가

아직은 오를 만하다고
내려가는 방법을 못 배운 것뿐이라고

벗겨지는 신발을 고쳐 신는다

내려가야 또 올라온다

## 뽕나무를 베다

텃밭 귀퉁이에서 50년 동안 그늘을 경작하던 뽕나무에게 철거를 통보했다 아무짝에도 쓸모없는 나무라는 유언비어 때문이 아니고 햇볕을 들이려는 나의 변심 때문이라고 어쩌면 거짓말 같은 진심을 간곡하게 전했다 작년에 달린 오디는 유난히 달고 색깔도 고왔다는 인사치레도 끼워 넣었다

전기톱 윙윙거리는 소리가 반나절 동안 계속되었다 한 목숨이 자리를 옮기는 일이니 이만한 절차는 있어야 한다 50년 묵은 바람의 비린내가 스멀스멀 흘러나오고 옆집 할아버지의 톱날이 부르르 떨었다

나무는 토막토막 잘려 옆집과 텃밭의 울타리가 되었다 80년 넘게 허리로 하늘을 받드는 할아버지가 지게를 지고 산을 오르는 아침저녁을 뽕나무는 당분간 더 지켜볼 것이다

뽕나무 비린내 낮게 깔린 봄날 햇볕 두런거리는 텃밭에 고랑을 만든다

그늘을 걷어낸 자리에 푸른 것들이 우거질 것이다

# 가방

내가 언제 벽돌을 집어넣었나
가방 든 팔이 축 늘어진다
쓰고 싶은 것이 많아 잉크를 꽉 채운 펜
시간을 속이는 화장품 몇 개
만약을 대비한 물티슈
한숨 빵빵한 지갑
필요한 물건들만 채우고 다니는데도
가방은 늘 천 근이다

가방을 차에 두고
핸드폰만 손에 들고 내린다
슈퍼에 가도 운동을 가도 도서관을 가도
필요한 물건만 채우고 다니는 가방을
없는 듯 던져두지만 가방은 혼자서도 무겁다

밤마다 쏟았다 다시 쓸어 담는
이름도 없는 물건들로 가득한 내 가방

나 또한 익명이어서
당신에게는 무거울 것이다

# 새 신을 신고 뛰어보자 팔짝

여기서 저기로,
빛바랜 것들을 호명하며 떠난다
줄줄이 따라나서는 것들 모두 얼마쯤
망가지고 얼마쯤 늙어 있다
무릎이 찢어진 청바지는 원래부터 이랬었다고 푸푸거린다
어쩌자고! 이삿짐센터 트럭까지 낡아 덜덜거린다

못 뺀 자리처럼 한 점 기억으로 흐려진 거기에

내가 있었다

두고 가는 것들이 껍질들인지
알맹이라고 우기며 데리고 가는 내가 껍질인지
처음부터 물거품 위에 얹혀살던 신기루였는지

과속방지턱에서 놀라 덜그럭거리는 저것들이
내가 기록한 시간의 뼈대들이다
헝클어진 머리도 다시 빗기고
깨진 콧잔등에 빨간 약도 바르고
다시 살이 오를 때까지

밥도 물도 많이 먹을 것이다

무거운 여행의 시작이다
유리잔 몇 개 깨지거나 책상 모서리에 흠이 가도

뭐 어때, 과속방지턱쯤 가뿐히 넘어가자
물론, 과속방지턱이 많기는 하다

# 잘 풀리는 집이라고?

3분 만에 일어난 일이라는데
물 폭탄이 지하주차장을 삼켰다

지하주차장에는 할부가 안 끝난 자동차가 있고
업무가 덜 끝난 노트북
잡티를 가려줄 화장품과 구두 몇 켤레
운전석 뒤에 걸어둔 노을도 있는데

차가 모습을 드러낸 후
차 안 가득 들어찬 냄새, 냄새,
도대체 어디서부터 왔을까
쓸고 닦고 간간이 노래도 불러준
그 반짝이는 시간들은 어디로 밀려났나

오늘도 장마는 계속되고
젖은 것들은 서서히 썩어가는데

마지막이야, 어이없는 작별을 받아도 눈물 없이 견딜 만한
아무도 그립지 않은 여름이다

# 2부

# 몽돌해변

오래된 파도가 있는
익숙한 향기가 있는
몽돌해변을 걷는다

파도에 부딪쳐 흩어진 조각들을 맞추기에는
파도가 너무 높다

깎이고 부서지고 둥글어진 조각들은
어떻게 맞춰도 틈새가 넓다
틈새 사이로 바람 숭숭 드나들고
먼 데서 밀려온 부서진 것들이 자꾸 틈을 벌려놓는다

서로 부딪치며 이 세상 것은 아닌 노래를 부른다

그러니까 오래된 것들이란
견딜 만큼 견디고 깎일 만큼 깎여서
제 안 깊숙이 묻어두었던 것들을 무심히 꺼내놓는 것들이다

아름다웠다는 것은 얼마나 분명한 과거형인가

# 엄마에게 별빛이 생겼다

저녁 불빛을 멀리서 바라보면
지상에는 저렇게 많은 집이 있고
그렇게 많은 창문마다 별이 뜬다

살아가는 것이 아니고 살아내는 사람들이
비를 좋아하는 것은 공공연한 비밀이어서
비 오는 날은 포장마차 불빛이
그들의 별빛이 되는 것인데

자식이 셋인 어미가
그깟 집 한 칸이 뭐 대수냐고
말끝마다 내 새끼를 보듬던 엄마
이제 늙은 그녀가 되어
그깟 집 한 칸 수줍게 차지하고
이삿짐을 싼다

엄마가 가진 것 중 자식 다음으로 반짝이던 유리그릇에
누렇게 더께진 세월을 박박 문지른다
구름처럼 거품 일고
세제 냄새에 약한 나는 콧물 훌쩍인다

다시 반짝일 것이다
유리그릇도 엄마도
오늘은 활짝 웃어도 좋다

나는 그냥 새 집 유리창이나 박박 닦아야겠다

# 겨울 나비

— 추현지

빙판 위에 서 있는 아이
두 개의 날로 얼음을 견디며
뛰고 돌고 구르고 넘어지고
넘어지는 횟수보다 더 많이 일어서는 아이

얼음을 갈아내며 봄을 꿈꾸는 아이

갈아내는 것은 얼음만이 아니어서
칼날 같은 스케이트 날도 무뎌지고
매번 찧는 엉덩방아도 뭉툭해지고
숨죽여 바라보는 가슴도 뭉툭해진다

연마 시기를 놓치지 않는다
날을 바짝 세워야 버틸 수 있다는 것을 안다

때가 되면 날을 세우고
때가 되면 또 뭉툭해지면서
둥근 것들을 헤쳐나가는 아이

얼음 위에서 나부끼는 겨울 나비의 날개 위에

반짝이는 것이 얼음조각만이 아니라는 것을
나 혼자 알고 있기로 한다

# 나는 너무 캄캄해서

머릿속이 근질근질하더니
흰 머리카락이 보이기 시작한다
엄마가 일찍 가르쳐준 진리를 이제야 깨우친다

팔이 저리도록
흰 머리카락을 뽑아보려고 애를 쓰다가
살펴야 할 것이 머리카락뿐이겠느냐고
염색약을 집어든다

머릿속을 들춰볼 15분의 시간은 벌었는데
너무 캄캄해, 내가 나를 알아보기 힘들어
밝은 멋내기 염색약으로 바꿔보려는데

한 번 어두워진 것은 그냥 밝아지기 힘들어
다시 검은색을 다 빼야 한다는데

어둠이 너무 깊어지면
다시 밝은 쪽으로 나가기 위해서는
더 독해져야 한다는 것을

너무 늦게 알았다
처처에 소용없는 깨달음이다

# 멍멍 짖었다

강아지가 쉬지 않고 짖는다
허공을 노려보며 펄쩍펄쩍 뛰면서 짖는다
내가 더 큰소리로 조용히를 외치면
점점 더 큰소리로 짖는다
나는 여기 있는데 저기를 보고 짖는다

우리는 서로 한마디도 알아듣지 못한다
잠깐이라도 눈을 마주치면 혹, 서로를 알아들을 수 있을까 그러나
목을 뒤로 꺾고 소리 지르기 위해서는
눈을 마주칠 여유가 없다

하루 이틀 사흘
산이 생기고 강이 생기고 이만큼의 거리가 저만큼이 된다

유학 중인 딸에게 전화를 걸어
열심히해라일찍일찍자라깨끗해라공부해라잘챙겨먹어라청소해라인사잘해라

소리라도 질러라

아이는 없고 수신음만 있다

서로 다른 말이란 종족과는 상관없는 듯하다

## 장구벌레

내 피보다 더 붉은 내 새끼 피를
밤새도록 도둑맞았다
눈에 보이지도 않는 놈을 잡겠다고
밤을 새우고

여름에만 신출귀몰한다는 도둑을 피해 계곡에 갔더니
돌 틈 고인 물에 장구벌레가 바글바글하다

모기의 방식대로라면 죽여야 하는데
썩어가는 물속에서
쉴 새 없이 꿈틀거리는
저것들도 어린 목숨이어서

고인 물속에 새끼를 키우는
세상의 여러 어미들이 겹쳐 보인다

한참을 지켜보다 고개를 돌려보니
흐르는 맑은 계곡물에는
송사리 떼가 유유히 헤엄치고 있다

돌아가서 집 청소나 해야겠다

## 빗길 운전에 관한 소고小考

비는 퍼붓고, 건너편 차는 폭포 속에 들고,
오른쪽 다리는 이미 브레이크 위
모처럼이라는 듯 멋대로 흔들리는 차

오른쪽엔 큰 트럭
왼쪽에는 높은 가드레일이
빗속의 이웃이다

브레이크를 밟으면 더 미끄러질 것을 알면서도
온몸의 근육이 경계의 눈금으로 집중한다

이럴 리가 없는데,
이렇게 미끄러질 수가 없는데
이미 쓸리고 쓸려 홈도 없이 다 갈아낸
민무늬 타이어를 생각한다

비가 퍼붓기 전에
미끄러지기 전에
해야 할 목록을 정리한다

내게서 지워진 것들의 목록이 줄줄이 쏟아진다

# 아침을 여는 문

아침을 여는 문이 있다면
아침마다 열리도록 만들어진 그 문을
쾅, 닫아버리고 싶은 날이 있다

세상 무엇으로도 열 수 없는
자물쇠를 발명할 수 있다면
기꺼이 아침을 가둬둘 사람들이 몰려올 것이다

아침, 또 아침, 그리고 아침!

온종일 울리는 전화 소리가
쏟아지는 빗소리로 들리는데
그러니까 나는 지금 전화 소리라는
장마의 한가운데 떠 있는 섬
과부하의 물결에 휩쓸리는 목소리를 수선하며
저녁을 기다린다

저녁 뒤에 묻어오는 아침을 알지만
우선은 저녁이라는 침묵 속으로 들어가기
들어가, 아침 따위 모른다고 시침 딱 떼기

날마다 눅눅한 날씨를 부정하며

내 허락 없이 열리는 아침 말고
내가 봉쇄한 나의 아침을
내가 활짝 여는 날을 설계하는 저녁

그래, 날마다 쾌청이면 사막이 된다는 말을
열 번 백 번 믿으며

## 자전거

몸으로 배운 것은 몸이 기억한다는데
20년 만에 탄 자전거 위에서 한참을 비틀거리고서야
페달 위에 발을 올린다

작은 자갈 하나만 만나도
바퀴는 중심을 못 잡고 흔들리고
부딪칠 것도 아닌 사람들이 지나가도
다리를 털썩 땅에 내려놓는다

허벅지가 아파야 하는데
죽기 살기로 매달리느라 팔이 아프다

누가 쫓아오는 것도 아닌데
내 무게를 내가 짊어지고
안간힘을 주고 달린다

엉뚱한 힘자랑질에도
힘 빼라는 목소리가 없다

나는 이미 멀리 왔구나
어릴 때 그 바람만 낯익은 소리로 귓가를 스친다

# 강물의 속도

느림보 강물에 닿았다
흐르는 듯 멈춘 듯 은은하게 빛나는 강물 곁에서
나도 조용히 흘러본다

도담삼봉을 끌어안고 흐르는 강물
거울 속 풍경에 기대보는데
모터보트가 지나간다

숨 쉴 틈 없이 질주하는 모터보트 속도에
속절없이 몸을 여는 강물
잠깐 물보라 솟구치더니 금방 잠잠해진다

어떤 빠른 속도가 와서
갈라놓아도 다시 흔들리지 않는
느림보 강물처럼
나도 오늘은 조용히 흘러본다

은은하게 빛나거나 보이지 않는 속도로 흘러갈
눈부신 속도를 꿈꾼다

# 잠깐이라고 하자

어쩌자고, 해종일 펄펄 끓는지
더운 김 내뿜는 아스팔트 그 아래는 얼마나 익었을까
그 땅에 뿌리내린 푸른 것들이 사뭇 경외스러운데
소낙비 한바탕 퍼붓는다

그만큼만이라도 반갑고 고마운데
몸은 여전히 천 근 만 근 늘어진다

젖은 신발을 질질 끌고 걷다가
문득, 흙냄새를 맡는다
젖은 풀잎이 마른 흙을 깨우는 냄새
그러니까 저 풀꽃들의 향기는 흙에서 왔던 것

본디 있던 것들을 어루만지며 잠깐 스쳐간
비의 뒷모습이 환하다

내게도 여러 번 다녀갔을 가뭄 속 빗줄기
기다리던 빗줄기를 피해
나는 자꾸만 숨어버린 것은 아니었을까

잠깐 젖었다가 다시 마르는
햇볕 속에서도 빗줄기 속에서도

나는 그저 걷는다
너도 다 알고 있겠지만 내 신발은 쉽게 닳는다

# 가을

하늘을 배경으로 붉은 감 가득하다

보고만 있는 눈이 있고
장대를 가져와 후려치는 손이 있다

후려치는 것도 바라보는 것도 감과는 상관없는 일인데

너무 푹 익어서 바닥에 떨어져 터져버리거나
저 혼자 덜 익었다고 풀섶으로 굴러가거나
그럭저럭 먹을 만하거나

기어이 떨어지지 않고 버티는 감이거나

모두 감이다
결국은 익을 것이고
사람이 아니라면 까치밥이라도 될 텐데

내가 저것들을 가을이라는 제목으로 가둬두는 것은
가끔 혼자서 울고 싶을 때가 있을 것이라는
쓸데없는 고백인 듯도 한데

# 힘의 논리 2

하여튼 팔팔해진다는 팔팔장어집
할아버지 두 분이 식사를 하다가 기침이 터졌다

장어탕을 먹기도 전에 팔팔해진 젊은 소리가 외친다
"거 나가서 하쇼"
장어를 반쯤 잡수셔 반쯤 팔팔한 할아버지는
"거 젊은 놈이 어디서 반말이야"
팔팔한 전쟁이다

먹지도 않은 장어를 믿는 젊음이나
코로나 시국과 상관없이 터지는 기침이나
한 치 양보도 없는데

그 와중에도 조용히 팔팔장어를 굽던
숨은 고수들이 죽은 장어를 거칠게 뒤집는다

어찌 될지 알 수 없으니
익은 살점을 부지런히 씹는다

# 늪

하루 종일 같은 자리에 앉아
하루 종일 같은 말을 되풀이한다

시간대 별로 바뀌는 아이들은
두 눈 반짝거리며
새로운 것을 배우고 있는데
나는 그저 무한 반복의 늪에 빠져 있다

컴퓨터데이터자료형조건문반복문논리비교연산제어
0과 1의 늪에 점점 더 빠져들어가
내가 만든 감옥에서
무한 반복의 알고리즘을 되풀이한다

무한 반복에서 벗어나려면 조건문을 써야 한다
만약에 (　)라면,
(　)을 찾아헤매는 중이다

# 3부

# 독감

한번쯤 독하게 앓아눕고 싶었던 마음을 들켰나
독감으로 몸져누웠다

누워서 바라보는
하루가, 이틀이, 내일, 모레가,
독감보다 뜨겁다 무겁다

해열제, 목감기약, 두통약, 비타민 한 움큼에
항생제 주사, 비타민 수액 맞고도
타미플루를 처방받았다

약으로 다스릴 수 있는 병이라면 견디고 말고,

혹, 다시 눕게 된다면
그때는 모든 잘못을 마음에게 물어야 할 것이다

# 나비를 보내다

목울대에 기르던 나비 한 마리
저만큼 날려보내고 눈 꾹 감고 울면서 보내고,

나는 이제 나비 없는 계절을 살아야지
나비가 앉았던 목울대를 쓰다듬으며
가끔씩 헛기침도 해보면서
나비가 가져간
아침과 저녁과 노래와 물맛 따위나 생각하면서
생각의 끝자리에 남은
나비의 흔적을 지워버려야지

아주 가끔 나비의 길을 따라나서서
팔랑팔랑 손부채질을 해보면
아득하기도 해라
나비와 나의 시간들

날지 않는 나비의 이름을 잊은 건
조금 쓸쓸하거나 아름다운 선택이다

그렇다고 내 꽃밭이 다 지워진 것은 아니다

## 칼

뭉툭해진 칼을 힘껏 누른다
날 세우는 법을 모르는 손목이 시큰거렸다

견디기만 하면 익숙해지는 거라고

이 칼로는 파도 썰지 못하겠다고
옆집 여자가 혀를 끌끌 차며 칼을 갈아주었다

새파랗게 날선 칼에 손을 베었다

날 세우고 산다는 것
뭉툭하게 산다는 것

칼날이 다시 무뎌지면
무뎌진 칼을 붙잡고 견뎌보겠지

홀로 남은 나를 만나며
반갑게 웃어본다

## 휘파람새

— 승우에게

입을 동그랗게 모으고 혀를 납작하게

입 천장에서 바람을 가져와

후후후

후후후

백 번 천 번 계속해보는 거야

후후후

휘 휘 휘

이제 거의 다 왔어 넌 할 수 있어

후휘휘

휘휘휘

성공이야 그것봐 넌 할 수 있잖아

휘파람새를 닮은 너의 노래가

이토록 눈부시구나

# 엄마는 옳다

엄마의 잔소리로
귀에 박힌 수백 개의 침을 빼는 데
10년이 걸렸다

매일 왜 그렇게 침을 놓는지
침이 박힐 때마다 은하수가 흘러갔다
엄마가 짚는 혈자리마다
옹이가 생기고 껍질이 벗겨졌는데
지금은 아픈 곳이 없다

나는 엄마의 침술을 배운 적이 없는데
아이의 혈자리를 짚어 침을 꽂는다

내가 지금 제대로 꽂고 있는 건지
마음을 찾아보고 머릿속을 더듬어보아도
답이 없다

엄마는, 세상의 모든 엄마는
평생 뛰어도 따라갈 수 없는 명의다

# 흐르는 물을 보면

산속 바위에 앉아 흐르는 물을 보라고
그 속에 답이 있다고

고여 있는 물은 언젠가 썩어버리니
흐르는 물을 보라는데

절대로 깨지지 않을 것만 같은 바위도
흐르는 물에 둥그러지고
졸졸 흐르다 멈춰버릴 것 같던 물도
폭포수처럼 쏟아지기도 해서

세상이 변하는데 혼자 아니라고 해봐야
언젠가 썩어버리겠지

까칠하던 사람도 세상과 부딪치다 보면
둥그러지겠지
지금은 보잘것없어 보이는 사람도
언젠가 거인처럼 클 수 있으니

산속 바위에 앉아 흐르는 물을 보라는
그 말은 정답일 것이다

# 우물에 빠진 물동이

텃밭에 물을 주려다 우물에 물동이를 빠트렸다
깊은 우물 속에 적막이 버글거린다

물을 기다리고 있는 풋것들의 아우성

긴 막대도 굵은 끈도 다 소용없다
빠진 것을 끌어올리는 방법은 같이 빠져버리는 것이라고
머리를 쥐어박으며 끌끌끌 혀를 차는 바람

물을 가득 먹은 물동이에 적막이 얹힌다
시들어가는 텃밭을 본다

내가 먹여살려야 할 목숨들이 많기도 하다

## 조업

삶의 현장에 제 발로 끌려갔다
울렁거리는 기계음에 입을 꾹 닫고
하염없이 은빛 물결만 바라본다

햇살도 퇴근할 즈음
뱃머리에서는 칼 가는 소리 서늘하고
툭툭 내리치는 소리
들릴 듯 안 들릴 듯 정체 모를 비명

출처를 모르는 살점으로 바늘을 숨기고
무게 추가 깊은 곳까지 데려간다

인어의 비늘을 사칭하며 올라온 갈치 한 마리
갈치 등에 손가락 몇 개 올려보고
다시 무심한 조업이다

나는, 온갖 칼을 가는 일에 익숙하다지만
저 은빛 살점을 저미며 조금 미안하다

# 바람이 지나간 길

바람이 지나간 길로
고요가 도착하길 기다렸다

더 큰 태풍 따위, 그럴 리가 있나

온몸 휘감던 바람이 잦아들면
라라라 노래를 불러야지
창문을 내다보곤 했는데

점점 더 거칠게 불어닥친 바람에
쥐었던 주먹 스르르 풀리고 다리 후들거린다

내가 가진 모든 악보가 지워졌다

나를 발가벗겨놓고
아무렇지도 않게 바람이 지나간 길

고요하고 밝은 빛 쪽으로 발을 딛고
젖은 마음을 꺼내 널고
넘어지지 않고 날아가지 않는

빈 몸을 세워둔다

투명한 나의 껍질을 천천히 말리겠다

# 밴드 붙이기

냉동실 문을 여는 순간 돌덩이가 된 페트병이 떨어져
발가락을 다쳤다는데

상처에 밴드 붙이기가 습관이 되어
마음에도 몸에도
찢어진 곳마다 밴드 하나 붙이고
견디더니
발가락쯤이야, 밴드를 두 개 붙였다는데

발가락은 곪고 곪아
철심을 박고도 입원해야 한다는 소식에

멀쩡한 발가락 열 개를 만지작거리며
잔소리만 퍼붓던 내 발등으로
가슴속 돌덩이가 쏟아져
생살을 찧는다

밴드를 몇 개나 붙여야 하나 궁리하는 발등으로
툭, 눈물 한 방울 떨어진다

눈물은 강력하다

## 엄마도 운다

운동을 하다 말고 아이가 운다
얼른 달려가 안아주어야 하는데
몸이 말을 안 듣는다
머릿속에 가득한 학설들이 무거워
발이 천 근이다 몸이 만 근이다

사랑을 학문으로 이해하는 엄마를 향해
아이가 주춤주춤 다가온다

풀솜 같은 아이를 받아안고
왜 이리 따듯한가
왜 이리 미안한가

너를 낳은 축복이 하도 깊어서
엄마도 간간이 목이 메인다

## 횟집은 춥다

"부산 왔는데 회 한 점 묵고 가야 안 되겠나?"
자갈치시장 회 센터에서 제철 맞은 방어 회를 주문한다
방어를 다스리는 현란한 칼 솜씨 아래에서
모가지를 잃은 방어의 몸통이 펄떡거린다

목을 치고 껍질을 벗기고 뼈를 발라낸
싱싱한 살점에 윤기 자르르하다

태어나 처음으로 마주한 광경에 고개 돌리는
일곱 살 아들의 머릿결이 햇살 아래 눈부신데
뜬금없이 아이가 한 뼘쯤 커버린 듯해서

힘이 좋아 맛있겠다고
너도 먹어보라고
아직 파르르 떠는 살점 하나를 권하는데

먹고사는 일을 너무 빨리 가르치는 건가
잠깐 쓸쓸하다

# 하얀 색 속에 숨다

올겨울 유행이라는 롱패딩이
쇼핑몰 가득 걸려 있다

눈밭에 뒹굴던 아득한 기억을 헤집으며
망설임 없이 하얀 패딩 속으로 숨어본다

거울에 비친 것은 하얀 롱패딩
거울 밖의 세상도 하얀 눈 속이다
당분간 아무도 나를 찾지 못할 것이다
그러나,
조심할수록 얼룩은 선명해서
쇼핑몰 앞 주차장에서 나는 금방 들켰다

스치는 것들이 킬킬킬 제 이름을 적는다
내가 회색인 걸 알고 있다

하양은 아무것도 숨기지 못한다

## 풍경

가마솥 화덕에 불을 지핀다
활활 타오르는 불길 속으로
산처럼 쌓아둔 잡초 더미를 밀어 넣는다

뜨겁게 달궈진 가마솥 안
펄펄 끓어넘치는 늙은 시간들에
찬물을 들이붓는다

한 줌 재로 몸 바꾼 잡초를 모아
텃밭에 뿌리며 거름이 돼라
혼잣말은 함께 파묻는다

아이는 저만큼 멀고
나는 공연히 눈가 시큼거리는데

연두가 담장 밖에서 기웃거린다

# 4부

## 리셋reset

선생님은 웃는 상이십니다
학생의 카톡에 픽 웃음이 났다
내가 언제부터 웃는 상이었나

기억 속의 나는 항상 울고 있는데
거짓말 같은 하루가 가고
거짓말 같은 일주일이 가고
거짓말 같은 꽃이 피고
거짓말 같은 무지개가 뜨고

우는 법을 삭제한 건 실수였을까
내가 나한테 속았던 것일까

어린아이처럼 웃는 나를 남기고

나는 나를 끝없이 리셋하는 중이다

# 눈빛이 빛나는 세상으로 가자

별들의 바탕은 어둠이 마땅하다*던 시인을 생각한다

입을 가리고, 마음을 싸매고, 악수를 생략한 세상에서
빛나는 것은 눈동자뿐이다
붉은 핏줄 드러난 눈을 만나면 잠깐 슬퍼지기도 해서
거울 속 내 눈을 바라보면
붉은 장미 꽃잎이 떨어진 듯 쓸쓸해서
인공눈물을 흘려 넣으며 껌벅여본다

지금은 눈물을 들키지 않는 시절
마스크를 올려 쓰면 아무도 눈치채지 못하는 눈물
나는 언제 울었나, 언제 반짝였나

인사도 감사도 웃음도 미뤄두고 살다가
마스크로 봉쇄된 세상으로 밀려와서야
눈빛 맑은 사람들을 그리워한다

마주치는 마스크 위에 빛나는 눈빛만으로도
세상이 안녕하고
마음이 따듯할 수 있다니,

그러니까
당신의 눈빛이 내게 건너오는 그 찰나에
온갖 고통이 사라지고
질병 따위 까마득 밀어낼 수 있다는 것을
이제 안다

저기, 들국화가 핀다
아무것도 아니라고 흔들리며 핀다

*정진규 시인의 시 제목

# 古인쇄박물관에 활자가 산다

고려 시대 금속활자에 눈을 맞춘다
쓰고 붙이고 밀랍을 깎아내고
가슴에 빈방을 만들어 사랑을 가두듯
거푸집을 만들어 가마 속 시간을 버티고
심장만큼 뜨거운 쇳물을 부어 식히면
활자 하나 태어난다

글 하나에 무게를 싣는다는 것이
사람의 탄생만큼 어려운 것이어서
읽고 또 읽고
쓰고 지우고
오래 생각하다가
퍽, 쨍그랑
도자기 깨는 소리 들린다

세상을 깨뜨리고 태어날
숙제는 언제 끝나려나

# 두더지

그림자가 지워지는 지하세계

들썩거리던 목숨이
무너져 내리는 추위 속
잠깐 어둡고 잠시 조용하다
멈춰도 되는 시간 속에
잠을 청해보는데

빗소리 들린다

고립을 꿈꾸었으나
고대 보물을 찾는 중이었다는 착각 속에서
그림자를 되찾으려
두더지의 행로를 따라간다

까마득하다, 저 빛 저 문
그리고 나, 혹은 너,

## 방전

5% 점점 불안해진다
금방이라도 꺼져버릴 휴대폰을 들고
입술에 침을 바른다 발을 구른다
충전기가 보일 리 없는 길 위에서
줄어드는 배터리를 계속 확인한다

꺼져도 다시 충전하면 살아나겠지만
수명이 점점 줄어든다는데
도대체, 충전기는 어디로 갔을까

불꽃도 없이 잦아들던 목숨을 지키던 생각이나 꺼낸다

매일같이 총총거리고 다녔더니
손끝이 저릿저릿하다
몸속 어딘가에 정체구간이 생겼거나
길 없는 황무지를 헤맨 듯하다는데

충전의 순간을 놓친 나를
기사회생 쪽으로 눕히고 팔을 뻗는다
한 방울씩 떨어지는 저 수액이

먼지 풀썩이는 나를 적시려면
얼마나 먼 꿈까지 다녀와야 할까

## 비도 오고 그러는 거지

집 한 채 값하고 맞먹는다는 외제차를 타던 친구가
초록색 탑차를 타고 와서 배송기사를 한다는데

약해서안된다계단많아안된다그러다가다치면돈더많이든다
사고나서안된다폭염이라안된다비와서안된다눈와서안된다
요즘이상한사람들많아서안된다무거워서안된다

답이 없는 말이나 속사포처럼 내뱉는다

우리가 픽 픽 웃었나? 아니 잠깐 울었나?
그래도 밥은 먹어야지, 배고프면 서럽다
기껏해야 식당밥 한 그릇으로 선심을 쓰고
알량한 어깨나 슬쩍 내주면서

울고 싶을 때는 그냥 울어라
숨을 것 없다
비도 오고 그러는 거지
어떻게 해 뜨는 날만 있겠니

언제 또 올래?
다음번에는 나무시장 구경이나 가자
가뭄에도 잘 크는 나무가 뭔지 알아보러 가자

지붕 덮은 차 좀 좋아
상품을 적시지 않을 테니 그것만도 어디냐

우리는 늘 과속이 문제다

# 상처는 비겁하다

초승달처럼 상냥한 새 구두가 아킬레스건을 강타했다
달려가야 할 길이 산 넘어 산인데
발목을 잡아매고 절름절름 간다

단단해 보이거나 까칠해 보이지도 않던
모처럼 만난 새 친구처럼
반짝거리던 구두

가장 약한 곳을 공격하여
물집을 만들고
몇 발짝 가지 못해 결국 터뜨리고
저 혼자 헤실헤실 반짝인다

내가 너를 길들이는 일도
네가 나를 길들이는 일도
깨진 얼음을 밟고 가는 일이어서

길들인다는 것은 쓰라린 일이다

죽은 피부를 시든 꽃잎처럼 몇 번이고 집어내면

더 오래 걸어갈 수 있을까

상처란 결국 아무는 것이라고 믿기로 하자

# 천일염

출생의 기록 선명한 천일염이 도착했다
벽돌을 괴고 간수를 빼야
씁쓸함이 사라진다는데

눈물을 가득 담은 사연
모른 척 시간을 흘려보낸다
돌덩이처럼 뭉쳐 굳지 않게
기다리고 기다려
바닷바람을 꺼낸다
어루만져 본다

괜찮은지 이제 서걱거릴 만한지

뻣뻣한 배춧잎 숨죽이러 가자
찬란한 빛과 소금이 되자

이제 네 이름을 불러도 될 것 같다

# 꽃잎이 날아왔다

무채색의 터널을 지나오니
채도 높은 색깔을 뒤섞은 붓질의 흔적 훙건하다

계절을 지나왔다는 것은
어둠을 건너왔거나 무사히 도망쳤다는 것
바람 속을 지나왔다는 것
그림자를 데리고 햇볕 속으로 들어왔다는 것

어쩌면 나를 다 들켰다는 것인데

룸미러 안의 무채색 속에 웅크린 나를 들여다보며
꽃들이 떨어진다
꽃잎이 날아든다

옆자리에 꽃잎을 앉히고 고개 끄덕인다

봄이다
붓을 헹궈야겠다

# 옻순을 이겨라

연중 겨우 사흘만 만날 수 있다는 독한 것을 만났다
새파랗게 날 세운 칼도 까맣게 질린다

함부로 다가서다가는
다 뒤집어질지도 모른다
잔뜩 오른 독에 빠져 숨 막힐 수도 있다

바람도 벌레도 얼씬 못한다는
반짝이는 그 색에 홀려
칠흑 같은 어둠 속으로 빠져들지 모른다

마냥 순하게만 보이는
어리고 독한 것을 고요히 다듬어
들기름에 무친다

선택받은 몸이고서야 해석할 수 있다는
짧고 강열한 봄이다

봄을 똑바로 바라보지 못하는 나를, 용서하시라

# 소화불량

입으로 들어가는 것들의 이름도 모르면서
허기를 핑계로 허겁지겁 퍼먹는다

소화되지 않은 것들의
아우성이 몸을 쥐어박는다

부글거리다가
팽팽하게 차올랐다가
꺽꺽거리는
무거운 하루가 지나간다

적당히 삼켜야 하는데
생각 없는 손은 또 급하다
자꾸만 꼬이는 날것들의 시간이
저녁 내내 속을 들쑤신다

천천히 조금씩을 깨닫기엔
차려진 게 너무 많은 일상이다

더부룩한 속 어디쯤에 너도 있겠지만
나는 여전히 배고프다

## 돌탑을 쌓는 자세

4차 산업혁명이란 움직이지 않는 것들에게 생명을 불어넣어 뛰고 걷고 깔깔 웃게 하는 것이라고 생명을 풀어내는 도구로 코딩을 선택하여 고사상 앞으로 불러냈다 돌탑을 쌓는 자세로 학원 간판을 닦고

아무도 모르게 무릎도 꿇어보고

너무 빨리 쌓으려는 조바심을 눈치챘나 무너질 듯 무너질 듯 흔들리는 탑 무너지는 것들은 다시 쌓으면 되니까 여러 번 겪었으니까

흔들리는 탑 앞에 서서 비명 같은 부탁도 건네고 달래도 보고 기대도 보는데 작은 돌 하나 날아와 머리를 친다

작은 것이 모여야 큰 탑을 쌓는다는 것을 안다 나도 안다 그래도 큰 돌, 무거운 돌 하나 척 얹어놓고 싶은 나를 나무라지 않는다

탑 위에 얹어둔 것들이 돌뿐이겠는가 탑을 이루는 것들은 작아도 커도 모두 제자리가 있다

## 그들 앞, 저 넓은 길이 내 차지이다

# 뽑아봐야 알 수 있다

병원 플라스틱 의자에 앉아
팔을 내밀고 숨을 깊게 들이쉬면
스멀스멀 흘러나오는 붉은 비밀들

빈혈입니다 간 수치가 떨어졌어요
알 수 없던 내부의 진실이
낱낱이 파헤쳐지기 시작한다

알아차리지 못한 증상들이 줄을 서고
들리지 않던 몸의 말들이
해석되기 시작한다

알고 있었지만 모른 척 외면했던 것들의 양식이라는
알약을 한 주먹 삼키고
친절한 소식을 초조히 기다린다

좋아진다는 것은
또 뽑아봐야 알 수 있다고
불친절한 저녁이 비밀처럼 웃는다

# 성스러운 존재에 이르는 길

## — 김수미 시인의 시집 읽기

황치복/ 문학평론가

### 삶에 대한 사랑, 생명에 대한 경외

『작가와문학』 신인상을 수상하며 문단에 나온 김수미 시인의 첫 시집이다. 첫 시집인 만큼 시인의 개성과 인품이 날것 그대로 드러날 것인데, 담백한 수채화와 같은 문체 속에 시인의 인생관과 가치관이 고스란히 담겨 있다. 정갈한 언어 속에 시인 자신과 이웃의 삶을 성찰하면서 얻은 인생의 신비와 세계의 양상이 맑고 깨끗하게 드러나고 있다. 이러한 시적 세계는 시인의 맑고 고운 성품을 반영한 것이리라.

시인이 주목하는 세계는 생명이 그려내는 아름다운 무늬라든가, 심오한 인생의 비밀과 같은 것인데, 시인은 이러한 주제에 대해서 차분하지만 호기심 가득한 태도로 접근한다. 그리고 그러한 시적 대상이 숨겨놓고 있는 암호라든가 상징 등을 해석하며 메시지를 추출하는데, 그 메시지가 소박

하면서도 웅숭깊은 통찰로 반짝인다. 시상의 전개 과정에서 결코 무리하지 않고 자연스러운 포석을 따르고 있는 작시술은 삶을 대하는 시인의 인생관이 투영된 것일 터인데, 인생에 대한 시인의 태도 또한 악착과 억지가 없고 물 흐르는 듯한 순리에 순응하는 듯한 모습을 보여준다.

이처럼 맑고 깨끗하며 담백한 시상의 전개에도 불구하고 시인의 시적 세계가 결코 얕거나 평범하지 않다. 그러한 까닭은 시적 공간에 우리의 삶을 주재하는 어떤 커다란 손이라든가 그늘로서의 존재가 드리워져 있기 때문이다. 속악한 세계 너머로 초월해 있는 그 커다란 존재는 세속을 벗어나 있다는 점에서 성스러운 속성을 지니고 있는데, 시인과 독자는 이러한 성스러운 존재로 인해서 세속적인 삶을 고양시키고, 그러한 고양으로 인해서 정화될 수 있는 것이다.

김수미 시인의 시에서 중요한 역할을 담당하는 신성한 존재는 저 유명한 낭만주의 시인인 백석이 그의 시 「남신의주 유동 박시봉방」에서 "나는 내 뜻이며 힘으로, 나를 이끌어가는 것이 힘든 일인 것을 생각하고,/ 이것들보다 더 크고, 높은 것이 있어서, 나를 마음대로 굴려가는 것을 생각하는 것"이라는 구절에 등장하는 '더 크고, 높은 것'이라는 초월적인 존재와 유사한 것이라고 할 수 있다. 이 초월적인 존재는 우리의 의지와 욕망 너머에서 우리의 그것들을 조절하면서 우리를 더욱 높은 곳으로 이끌고 있는 것이다. 그래서 김수미 시인의 이번 시집은 바로 이러한 신성한 존재에 이르는 여정이라고 할 만한데, 이제 그러한 여정을 좇아가보자.

고려 시대 금속활자에 눈을 맞춘다
쓰고 붙이고 밀랍을 깎아내고
가슴의 빈방을 만들어 사랑을 가두듯
거푸집을 만들어 가마 속 시간을 버티고
심장만큼 뜨거운 쇳물을 부어 식히면
활자 하나 태어난다

글 하나에 무게를 싣는다는 것이
사람의 탄생만큼 어려운 것이어서
읽고 또 읽고
쓰고 지우고
오래 생각하다가
퍽, 쨍그랑
도자기 깨는 소리 들린다

세상을 깨뜨리고 태어날
숙제는 언제 끝나려나

—「古인쇄박물관에 활자가 산다」 전문

문자와 시에 대한 시인의 생각을 읽을 수 있는 시라는 점에서 이번 시집의 유일한 메타시라고 할 수 있는데, 시에 대한 신성한 의식이 담겨 있다. 먼저 금속활자가 태어나는 과정에 대한 상상력을 보면, 활자가 태어난다는 것이 한 생명의 탄생에 비견된다. 시인은 금속활자의 탄생 과정 속에는 “가슴의 빈방을 만들어 사랑을 가두”는 과정, 그리고 “심장만큼 뜨거운 쇳물을 부어 식히"는 과정과 같은 인격적 노력이 필요함을 강조한다. 그러니까 금속활자의 탄생이란 하나의 생명이 탄생하는 과정과 다르지 않은 셈이다. 고대인들은 글자에 신성한 힘이 깃들어 있다고 생각했는데, 시인의 이러한 생각은 바로 그러한 주술적 사고가 투영된다.

금속활자의 탄생 과정은 곧 '글 하나'의 탄생 과정과 다르지 않으며, 그것은 곧 시인의 시 한 편이 완성되는 그것과도 다르지 않을 것인데, 시인은 이러한 과정이 "사람의 탄생만큼 어려운 것"이라고 규정한다. 그래서 "읽고 또 읽고/ 쓰고 지우는" 오랜 숙고와 연마의 과정이 필요한 것인데, 이러한 과정이란 조그만 잘못이라도 있어서 일이 어긋나면 흠결이 있는 도자기를 깨뜨리는 도공처럼 장인 정신을 필요로 하는 것이다.

그래서 시인은 한 편의 완성된 시가 태어나는 과정을 "세상을 깨뜨리고 태어날/ 숙제"라고 비유한다. 여기서 '세상을 깨뜨'린다는 것은 곧 하나의 새로운 세상을 만들어낸다는 것과 통한다. 그러니까 개벽開闢처럼 하나의 글자, 혹은 한 편의 시는 하나의 세상을 열어젖히면서 태어나는 것이다. 글자와 시에 대한 시인의 생각을 잘 알 수 있거니와 한 편의 시란 하나의 생명이라고 할 수 있으며, 그것은 새로운 세상을 열어젖히면서 탄생하는 것이라는 생각을 읽어낼 수 있다. 글자에 대해 이처럼 유정한 생각을 지니고 있는 시인이기에 생명 그 자체는 결코 하찮게 취급될 수 없을 것이다.

내 피보다 더 붉은 내 새끼 피를

밤새도록 도둑맞았다
눈에 보이지도 않는 놈을 잡겠다고
밤을 새우고

여름에만 신출귀몰한다는 도둑을 피해 계곡에 갔더니
돌 틈 고인 물에 장구벌레가 바글바글하다

모기의 방식대로라면 죽여야 하는데
썩어가는 물속에서
쉴 새 없이 꿈틀거리는
저것들도 어린 목숨이어서

고인 물속에 새끼를 키우는
세상의 여러 어미들이 겹쳐 보인다

한참을 지켜보다 고개를 돌려보니
흐르는 맑은 계곡물에는
송사리 떼가 유유히 헤엄치고 있다

돌아가서 집 청소나 해야겠다

—「장구벌레」 전문

시상의 전개 과정이 그리 어렵거나 복잡하지는 않다. "내 피보다 더 붉은 내 새끼 피를" 밤새도록 모기가 빨아 먹었다는 것, 그래서 밤을 새우고 그놈을 잡겠다고 설쳤다는 것,

그런데 계곡에 갔더니 모기의 애벌레인 장구벌레가 바글바글했다는 것, 내 새끼를 생각하면 그 벌레들을 모두 죽였어야 하지만, “저것들도 어린 목숨이”고, “세상의 여러 어미들이 겹쳐 보”여서 차마 죽이지 못했다는 것이 대략적인 시상의 흐름이다. 그러니까 내 새끼만을 생각하는 것이 아니라 세상의 새끼라는 생명과 그것을 키우는 어미를 생각하며 차마 죽이지 못하고 돌아왔다는 것이다.

이러한 시적 구도는 맹자가 설파한 어진 마음으로서의 ‘인仁’이라는 덕목을 생각하게 한다. 잘 알려져 있듯이 맹자는 양혜왕 상梁惠王 上에서 세상의 모든 사람은 마음속에 선량한 마음을 지니고 있다는 사실을 우물에 빠지려는 아이에 대한 마음을 예로 들어 설명하면서 “남에게 차마 하지 못하는 마음不忍人之心”을 주장했는데, 이 시의 메시지는 이러한 덕목과 닮아 있다.

맹자의 이 구절은 사람은 태어나면서부터 다른 사람이 고통받는 것을 차마 보지 못하는 양심을 지니고 있다는 것인데, 내 새끼의 피가 빨리는 것도 딱하기는 하지만 장구벌레라는 어린 생명 또한 소중한 것이기에 함부로 할 수 없다는 마음은 바로 그러한 양심과 통하는 것이다. 물론 이러한 마음 속에는 “썩어가는 물속”의 생명이나 “흐르는 맑은 계곡물” 속의 생명이나 모든 생명은 똑같이 소중하다는 생각이 잠재되어 있다. 생명에 대한 의식을 다룬 시를 한 편 더 읽어보자.

얼어붙은 것들이 모두 떠났는데도 녹지 않는 입맛

봄나물 쓴맛을 보아야 입맛이 돈다는데

툭툭 터지는 입술, 가뭄 든 논바닥처럼 쩍쩍 갈라지는
혓바닥에게
어떻게 다시 쓴맛을 권하랴

봄비처럼, 풀어지자고
그래, 봄비 속으로 나가보자고

명주실처럼 휘감기는 봄비 속에 나를 세워두는데
뜬금없이 눈물이 솟는다

이게 다 저기 노란 민들레 꽃 때문이라고
젖은 어깨를 가만히 안아준다

—「봄비 속을 걷다」 전문

봄날이 되어도 돌아오지 않는 입맛 때문에 차마 쓴맛을 권하지 못하고 봄비 속에 나가서 자신을 세워두는 행위는 봄날의 생명력을 회복하고자 하는 소망 때문일 것이다. 봄날의 뭇 생명들처럼 봄비를 맞으며 겨울 동안 움츠러들었던 생명력의 개화를 꿈꾸는 것이다. 그런데 갑자기 시인은 "뜬금없이 눈물이 솟는다"고 고백하면서 감상적인 생각에 빠져든다. 시적 맥락이 형성되어 있지 않기에 이처럼 갑작스러운 변화는 그 이유를 짐작하기 어렵다. 시인은 굳이 그 원인을 "이게 다 저기 노란 민들레 꽃 때문이라고"하면서 모든 원인을 노란 민들레에 돌리고 있지만, 이 또한 석연치가 않다.

이러한 심리적 변화의 원인은 작품 안에 구체적인 해석의 근거를 제공하고 있지 않기 때문에 상호 텍스트적인 관점에서 접근해 보아야 한다. 생명에 대한 유정한 생각을 지닌 시인에게 봄비는 더욱 특별할 수밖에 없는데, 그것이 "얼어붙은 것들"을 모두 녹이고 새로운 생명을 움트게 하기 때문이다.

시인은 다른 시편에서 "너무 긴 겨울을 견디는 것들을 멀리 바라본다"(「다시, 봄」)라고 하면서 험난한 겨울을 견디고 봄날을 맞이하는 생명들에 대한 동정과 경이의 시선을 보이고 있다. 이러한 맥락에서 시인의 눈에 들어온 "노란 민들레"는 그 가녀린 생명력으로 인해서 시인에게 감동을 선사한 것일 수 있다. 생명에 대한 시인의 특별한 감수성과 포용력을 확인할 수 있는 장면이다.

**상처와 결별로 새겨지는 삶의 흔적들**

하나의 글자, 그리고 한 편의 시에 담기는 무게를 생각하는 시인에게 생명이란 차마 하지 못하는 어진 마음을 불러일으키는 기제이며, 잔잔한 감동과 유정한 느낌을 자아내는 대상이기도 했다. 그런데 봄비를 맞는 노란 민들레를 보면서 "뜬금없이 눈물이 솟는다"라고 고백하고 있듯이, 시인이 생각하는 생명이란 험난한 생존 조건에 직면해 있는 연약하고 안쓰러운 대상이기도 하다. 생명이란 온갖 상처와 고통으로 얼룩진 상흔이기에 시인은 생명을 대하면서 유독

유정한 생각에 빠져들 수밖에 없는 것이다. 다음 시에서 이를 확인해보자.

밤 껍질에 칼집을 낸다
칼을 받는 것은 밤 껍질인데
칼 든 손이 저릿저릿하다

칼집 없이 불속에 던져지면
비명과 함께 터져 살점 흩어지고 말 텐데

몸을 지키겠다는 단단한 껍질이
애벌레 한 마리면 금방 뚫려버릴 허름한 보호망인 것을
저도 나도 이미 아는데
버틸 때까지 버텨보려고 내 손목을 움켜쥐는지

상처란 주고받는 공식으로 성립되는 줄 알지만

상처가 지켜줄 수 있는 것들의 이름이야 줄줄이 외고 있지만
터지는 소리에 놀랄까 겁이 나
천지사방에 상처나 내고 다니며

밤마다 돌아앉아 상처를 꿰맨다고
잘 여문 밤을 골라 칼집을 낸다

—「칼집을 내다」 전문

두 가지 사실에 주목할 수 있다. 먼저 "애벌레 한 마리면 금방 뚫려버릴 허름한 보호망"으로 자신의 살을 보호하기 위해서 안간힘을 쓰는 '밤'이라는 생명에서 느끼는 경외가 하나라면 그럼에도 불구하고 생명이란 무수한 상처로 점철될 수밖에 없다는 깨달음이다. 시인은 "버틸 때까지 버텨보려고 내 손목을 움켜쥐는" 밤알을 보면서 애틋한 모성과 같은 것을 느끼는 데, 이러한 대목은 앞서 생명에 대한 시인의 경외심을 생각해보면 당연한 일이다.

더욱 주목되는 시의식은 상처의 편재성에 대한 인식이다. 시인은 "상처란 주고받는 공식으로 성립되는" 것이라는 상처의 상대성에 대한 인식을 표출하기도 하고, "상처가 지켜줄 수 있는 것들의 이름"을 "줄줄이 외고 있"다고 하면서 상처가 하나의 보호막과 같은 역할을 한다는 인식을 드러내기도 한다. 그러니까 상처란 "비명과 함께 터져 살점 흩어지"지 않도록 예방주사를 놓은 것이며, "터지는 소리에 놀랄까 겁이나/ 천지사방에 상처나 내고 다니"는 것이 우리의 삶의 실상인 셈이다. 그러니까 우리의 삶이란 "밤마다 돌아앉아 상처를 꿰맨다고/ 잘 여문 밤을 골라 칼집을 내"고 있는 아이러니한 것이기도 한데, 따라서 상처를 치료하기 위해서 다른 상처를 내는 딜레마에 처해 있는 것이 우리 삶의 실상이기도 한 것이다.

어차피 삶이란 상처를 다른 상처로 대체하는 상처로 점철된 것이라면 우리가 그러한 사실을 알아낸다고 해서 그것에 대처할 뾰족한 방법이 있을 수 없다. 그래서 시인은 "너무 늦게 알았다/ 처처에 소용없는 깨달음이다"(「나는 너무 캄캄해서」)라고 하면서 삶에 대한 자세의 어려움을 토로하기도 하고, "날마다 쾌청이면 사막이 된다는 말을/ 열 번 백 번 믿으며"(「아침을 여는 문」)라면서 상처가 우리의 삶을 촉촉하게 적셔줄 단비가 될 수도 있음을 자각하기도 한다. 그러나 우리의 삶이 상처와 고통으로 얼룩져 있으며, 시간의 흐름에 따라 무언가와 이별하거나 무언가를 잃으며 살아간다는 사실을 바꾸기는 어렵다.

목울대에 기르던 나비 한 마리
저만큼 날려보내고 눈 꼭 감고 울면서 보내고,

나는 이제 나비 없는 계절을 살아야지
나비가 앉았던 목울대를 쓰다듬으며
가끔씩 헛기침도 해보면서
나비가 가져간
아침과 저녁과 노래와 물맛 따위나 생각하면서
생각의 끝자리에 남은
나비의 흔적을 지워버려야지

아주 가끔 나비의 길을 따라나서서
팔랑팔랑 손부채질을 해보면
아득하기도 해라
나비와 나의 시간들

날지 않는 나비의 이름을 잊은 건

조금 쓸쓸하거나 아름다운 선택이다

그렇다고 내 꽃밭이 다 지워진 것은 아니다

—「나비를 보내다」 전문

표제시에 해당되는 이 시는 아마도 시적 화자가 갑상선에 문제가 생겨서 그것을 제거하는 수술을 받은 경험을 시로 만든 것으로 보인다. "목울대에 기르던 나비 한 마리"는 바로 그처럼 상실한 자신의 몸 일부를 지칭하기에 '나비'는 곧 이별과 상실이라는 삶의 이치를 체현하고 있는 대상이면서, 상처받기 쉬운 연약한 삶의 표상이기도 하다. 화자는 그러한 나비에 대해서 "눈 꽉 감고 울면서 보내고" "나는 이제 나비 없는 계절을 살아야지", "나비의 흔적을 지워버려야지"라고 하면서 상실과 부재를 수용하면서 살아갈 것을 다짐한다. 이러한 다짐의 이면에는 삶이란 어차피 상실과 결별로 점철되어 있다는 것, 그래서 올바른 삶의 자세란 그러한 상실과 부재의 현실을 수용하고 그러한 현실에 순응하는 것이라는 시의식이 잠재되어 있다.

그런데 나비의 상실과 부재가 초래한 구체적인 결핍의 현실은 어떤 것인가? "아침과 저녁과 노래와 물맛 따위나 생각하면서"라든가 "아득하기도 해라/ 나비와 나의 시간들"이라는 표현을 보면 나비의 상실은 삶의 질을 현저히 떨어뜨리는 결과를 초래했다는 것을 알 수 있다. "그렇다고 내 꽃밭이 다 지워진 것은 아니다"라는 표현에 유의해 보면, 나비의 상실은 곧 꽃밭의 상실과 유사한 충격을 가져다 주었음을 짐작할 수 있다. 물론 시인은 자신의 꽃밭이 다 지워진 것은 아니라면서 남은 꽃밭의 가능성에 대해 주목하면서 미래를 긍정하는데, 이러한 생각은 "마흔 번의 겨울이 지나갔다는 것은/ 마흔 번의 봄이 있었다는 말이다"(「에스프레소」)라는 구절에 담긴 것과 같이 어둠과 함께 등을 맞대고 있는 빛에 대한 관심을 환기하는 발상에서 야기된 것이다.

시인이 "날지 않는 나비의 이름을 잊은 건/ 조금 쓸쓸하거나 아름다운 선택이다"라고 하면서 나비의 부재를 쓸쓸한 것으로 진단하면서도 아름다운 선택이었다고 규정하는 것은 마흔 번의 겨울이 있었기에 마흔 번의 봄이 있을 수 있었던 이치를 긍정하는 자세라고 할 수 있다. 그러니까 "얼음처럼 어른이 되어 서서히 사라지는 시간"(「에스프레소」)이라는 구절에서 짐작할 수 있듯이 삶이란 상실과 소멸의 그러한 시간으로 구성되는 것이지만, 그러한 소멸과 상실은 아득한 "나비와 나의 시간들"이라는 아름다운 추억으로 충만한 시간이기도 한 것이다. 결국 이러한 상실과 결핍의 수용은 실존적 삶의 진실을 수용한 결과이면서 또한 자연의 변화에 순응하는 데서 나온 것이라고 할 수 있는데, 순리에 따르는 삶의 자세가 다음 시에서 잘 드러나 있다.

느림보 강물에 닿았다
흐르는 듯 멈춘 듯 은은하게 빛나는 강물 곁에서
나도 조용히 흘러본다

도담삼봉을 끌어안고 흐르는 강물
거울 속 풍경에 기대보는데
모터보트가 지나간다

숨 쉴 틈 없이 질주하는 모터보트 속도에
속절없이 몸을 여는 강물
잠깐 물보라 솟구치더니 금방 잠잠해진다

어떤 빠른 속도가 와서
갈라놓아도 다시 흔들리지 않는
느림보 강물처럼
나도 오늘은 조용히 흘러본다

은은하게 빛나거나 보이지 않는 속도로 흘러갈
눈부신 속도를 꿈꾼다

—「강물의 속도」 전문

이 시에서는 자연의 속도와 인공의 속도가 대비되고 있는데, 전자를 표상하는 것이 강물의 흐름이라면 후자를 대변하는 것이 모터보트의 속도이다. "느림보 강물"은 "흐르는 듯 멈춘 듯 은은하게 빛나"며 흐르고, 모터보트는 "숨 쉴 틈 없이 질주하는" 그러한 속도를 보여준다. 물론 시인이 생각할 때 질주하는 모터보트의 속도는 느림보 강물의 흐름 속으로 스며들며 사라지고 만다. 즉 "어떤 빠른 속도가 와서/ 갈라놓아도 다시 흔들리지 않는/ 느림보 강물"이라는 표현처럼 모터보트의 질주하는 쾌속은 흔적도 없이 강물의 흐름 속으로 빨려 들어가고 마는 것이다.

이러한 시적 구도 속에 시인의 삶에 대한 자세와 태도가 함축되어 있는데, 그것은 "느림보 강물처럼/ 나도 오늘은 조용히 흘러본다"는 구절 속에 응축된다. 자연의 순리에 따르는 삶, 자연의 질서와 이치에 순응하는 삶의 리듬을 지니는 것이 가장 바람직한 삶의 자세라는 함의가 내포되어 있는 셈이다. 또한 시인은 "은은하게 빛나거나 보이지 않는 속도로 흘러갈/ 눈부신 속도를 꿈꾼다"라고 하면서 느림보 강물이 체현하고 있는 자연의 흐름이야말로 은은히 빛나는 속도이자 눈부신 속도라는 사실을 강조하고 있다. 어떠한 인위나 억지가 없기에 그것은 순수한 흐름이며, 은은하고 눈부신 속도일 수 있는데, 이러한 대목에서는 유유히 흐르는 강물에 반짝이는 윤슬 같은 이미지가 연상되기도 한다.

시인은 다른 시편에서 "속은 듯, 속인 듯,/ 사실은 그렇게 쉬엄쉬엄 가는 정주행이 가장 빠른 길이다/ 아무리 달리고 달려도/ 이 모든 질주의 방향은 한 곳이다"(「질주 본능」) 라고 하면서 역시 바람직한 삶의 자세를 함축해놓고 있다. "아무리 달리고 달려도/ 이 모든 질주의 방향은 한 곳이다" 라는 표현에서는 강물의 흐름 속으로 빨려들고 마는 모터보트의 속도를 환기하게 되는데, 그렇게 될 때 모든 질주의 방향은 곧 자연으로 향하게 된다. 이 세상의 모든 질주란 곧 자연으로 돌아가는 것이기에 질주의 방향은 자연의 흐름 속이 되는 셈이다.

지금까지 시인의 생명에 대한 애착, 그리고 상실과 결핍의 삶에 대한 시인의 삶의 자세를 살펴보았는데, 이러한 시의식의 근원에는 순리에 따르려는 삶의 자세가 잠재되어 있으며, 순리에 순응하는 삶의 자세는 곧 자연에 귀의하려는 의식이 작동하고 있는 것을 확인할 수 있었다. 자연의 이치에 순응하는 삶이기에 거기에는 빛과 그늘이 동시에 공존하고 있는데, 시인은 둘 모두를 긍정하는 자세를 취하고 있다. 이처럼 자연을 긍정하고 자신에게 주어진 운명을 수용하는 시의식으로 인해서 시인은 이 시집에서 가장 중요한 이미지인 '당신'과 같은 성스러운 존재와 대면하게 된다.

### 성스러운 존재, 속악한 세상을 견디는 힘

내가 언제 벽돌을 집어넣었나
가방 든 팔이 축 늘어진다
쓰고 싶은 것이 많아 잉크를 꽉 채운 펜
시간을 속이는 화장품 몇 개
만약을 대비한 물티슈
한숨 빵빵한 지갑
필요한 물건들만 채우고 다니는데도
가방은 늘 천 근이다

가방을 차에 두고
핸드폰만 손에 들고 내린다
슈퍼에 가도 운동을 가도 도서관을 가도

필요한 물건만 채우고 다니는 가방을
없는 듯 던져두지만 가방은 혼자서도 무겁다

밤마다 쏟았다 다시 쓸어 담는
이름도 없는 물건들로 가득한 내 가방

나 또한 익명이어서
당신에게는 무거울 것이다

—「가방」 전문

물론 이 시에서 가방은 우리가 살아가면서 필요로 하는 물건을 담는 도구로서, 우리가 얼마나 많은 잡동사니들을 필요로 하고 있는지, 그로 인해서 우리의 삶이 얼마나 무겁고 피곤한 것이 되고 있는지를 보여주는 제재이기도 하다. "가방 든 팔이 축 늘어진다"거나 "가방은 늘 천 근이다"는 표현, 그리고 "없는 듯 던져두지만 가방은 혼자서도 무겁다" 등의 표현들이 모두 우리 삶이 요구하는 과잉 욕망의 현실을 암시하고 있다. 우리의 삶은 너무나 많은 요구와 욕망으로 인해서 과도한 짐을 지게 되며, 그로 인해서 소진되는 삶을 살게 되는 것이다. "필요한 물건만 채우고 다니는데도"라든가 "필요한 물건만 채우고 다니는 가방을"이라는 표현들이 애써 필요한 물건을 강조하지만, 우리는 너무 많은 '필요'로 인해서 과도한 짐을 지게 되는 것이다.

그러나 이 시의 시안詩眼은 "당신"이라는 표현에 있다. "나 또한 익명이어서/ 당신에게는 무거울 것이다"라는 표현은

갑자기 내가 가지고 다니는 가방을 내가 담기는 가방으로 바꾸고 있는데, 이러한 시적 전환으로 인해서 그 의미가 증폭된다. 내가 지니고 다니는 가방이 나의 삶이 필요로 하는 요구와 욕망을 함축하고 있었다면, 내가 담기는 가방이란 바로 내가 거주하며 삶을 영위하는 세계가 되며, 그러한 점에서 그 가방에 나를 담는 어떤 초월적 존재를 상정하게 된다. 물론 '당신'이라는 존재가 나의 삶이 의존하는 대상일 수도 있고, 나의 삶에 필요한 재화를 제공하는 존재자일 수 있지만, 나를 가방에 넣어서 들고 다니는 존재라는 시적 구도를 생각해 보면 아무래도 '당신'이라는 존재는 운명이라든가 천명과 같은 것과 연결되는 초월적 존재일 수밖에 없다.

시인은 땅을 차지하기 위해 길을 막아버린 현대사회의 이기적인 세태를 풍자하는 시 「맹지」에서 "도시계획 도로보상금 쪽으로 내민 저 손을 읽은 하늘이/ 고개를 홱 돌리고/ 길을 끌고 저쪽으로 가셨다// 맹지를 주고받게 된 것은/ 사람의 선택이 아닌 줄을 그도 알 것이다"라고 하면서 '하늘'을 소환하고 있는데, 이 시의 '당신'은 아마도 '하늘'과 유사한 속성을 지닌 존재라고 할 수 있을 것이다. 인간의 이기적인 세태에 고개를 돌리는 존재인 하늘이란 곧 천명天命이라든가 도道라고 할 수 있을 터인데, 그러한 존재가 바로 '당신'인 셈이다. 이 시집에는 '당신'에 해당하는 존재의 다양한 변형이 존재하는데, '하늘'이 그 가운데 하나라면 다른 하나는 '목소리'라고 할 수 있다.

몸으로 배운 것은 몸이 기억한다는데

20년 만에 탄 자전거 위에서 한참을 비틀거리고서야
페달 위에 발을 올린다

작은 자갈 하나만 만나도
바퀴는 중심을 못 잡고 흔들리고
부딪칠 것도 아닌 사람들이 지나가도
다리를 털썩 땅에 내려놓는다

허벅지가 아파야 하는데
죽기 살기로 매달리느라 팔이 아프다

누가 쫓아오는 것도 아닌데
내 무게를 내가 짊어지고
안간힘을 주고 달린다

엉뚱한 힘자랑질에도
힘 빼라는 목소리가 없다

나는 이미 멀리 왔구나
어릴 때 그 바람만 낯익은 소리로 귓가를 스친다

—「자전거」 전문

'자전거 타기'라는 경험이 시적 제재가 되고 있는데, 자전거를 탄다는 것은 균형을 잡는다는 것을 의미하며, 그러기 위해서는 힘을 빼고서 상황의 변화에 능동적으로 대응하는 자세가 필요하다. 이 시의 시적 공간에 등장하는 20년 반의 자선거 타기는 녹록지 않는데, 그 까닭은 "중심을 못 잡고 흔들리"거나 "죽기 살기로 매달리느라 팔이 아프"기 때문이다. 그러니까 "내 무게를 내가 짊어지고/ 안간힘을 주고 달리"기도 하고, "엉뚱한 힘 자랑질"을 하는 등 중력에 순응하면서 균형을 잡지 않고 자신의 의지를 고집하고 있는 것이다.

중요한 것은 이처럼 자신의 의지를 고집하고 거기에 집착할 때 "힘 빼라는 목소리"가 없다는 점이다. 여기서 '힘 빼라는 목소리'는 바로 시적 화자가 아집과 고집에서 벗어나 자연의 이치에 순응할 것을 요구하는 목소리이며, 그러한 점에서 그것은 초월적인 존재의 역할을 한다고 할 수 있다. 물론 이 목소리는 "나는 이미 멀리 왔구나/ 어릴 때 그 바람만 낯익은 소리로 귓가를 스친다"라는 표현에 유의해보면 어릴 적 자신에게 자전거 타는 법을 가르쳐 주었던 부모나 가족일 수 있다. 그러나 이제는 없는 그 목소리는 바로 과거 자신을 단련하고 깨우치는 역할을 했던 존재를 상정하고 있으며, 그러한 점에서 신성한 목소리라고 할 수 있다.

이처럼 신성한 존재는 앞에서 언급한 당신, 그리고 하늘이라든가 목소리 외에도 다양하게 변주된다. "약으로 다스릴 수 있는 병이라면 견디고 말고,// 혹, 다시 눕게 된다면/ 그때는 모든 잘못을 마음에게 물어야 할 것이다"(「독감」)라고 할 때의 '마음'이라든가 "엄마는, 세상의 모든 엄마는/ 평생 뛰어도 따라갈 수 없는 명의다"(「엄마는 옳다」)라는 구절에서의 '엄마' 등은 세속적 가치를 초월해 있다는 점에서 신성한 가치에 해당된다.

이처럼 김수미 시인의 이번 시집에 편재하는 초월적이고 신성한 가치를 지닌 존재라든가 그것의 속성으로 인해 독자들은 정서적 정화의 느낌을 받게 된다. 세속적 가치를 초월한 그러한 가치로 인해서 독자들은 정서적으로 고양되며, 그러한 고양으로 인해서 세속의 때가 씻기는 듯한 체험을 경험하기 때문이다. 이러한 신성한 존재를 통해서 시인은 '이 세상 것은 아닌 노래'를 듣는다.

오래된 파도가 있는
익숙한 향기가 있는
몽돌해변을 걷는다

파도에 부딪쳐 흩어진 조각들을 맞추기에는
파도가 너무 높다

깎이고 부서지고 둥글어진 조각들은
어떻게 맞춰도 틈새가 넓다
틈새 사이로 바람 숭숭 드나들고
먼 데서 밀려온 부서진 것들이 자꾸 틈을 벌려놓는다

서로 부딪치며 이 세상 것은 아닌 노래를 부른다

그러니까 오래된 것들이란
견딜 만큼 견디고 깎일 만큼 깎여서

제 안 깊숙이 묻어두었던 것들을 무심히 꺼내놓는 것들이다

아름다웠다는 것은 얼마나 분명한 과거형인가

—「몽돌해변」 전문

"서로 부딪치며 이 세상 것은 아닌 노래를 부른다"는 구절에서 '이 세상 것은 아닌 노래'란 세속의 때가 말끔하게 씻긴 맑은 노래이며, 이 세상을 초월해 있다는 점에서 신성한 노래라고 할 수 있으며, 앞에서 분석한 '당신'이라든가 '하늘', 혹은 '목소리' 등이 지닌 속성을 함축한다.

그런데 이러한 노래는 어떻게 가능해진 것일까? "오래된 것들이란/ 견딜 만큼 견디고 깎일 만큼 깎여서/ 제 안 깊숙이 묻어두었던 것들을 무심히 꺼내놓는 것들이다"라는 구절에 유의해보면, 이 세상 것이 아닌 노래는 바로 오래된 것들이 제 안 깊숙한 곳에 묻어두었던 것을 꺼낸 소리이다. 그러니까 견딜 만큼 견디고, 깎일 만큼 깎여서 세상의 이치에 달관한 존재들이 서로 부딪치면서 내는 소리가 바로 이 세상 것은 아닌 소리인 셈이다.

그런데 시적 맥락을 다시 돌이켜보면, 오래된 것들이 견딜 만큼 견디고 깎일 만큼 깎였기 때문에 이 세상 것은 아닌 소리를 만들어낼 수 있는 것은 바로 "틈새" 때문이다. "깎이고 부서지고 둥글어진 조각들은/ 어떻게 맞춰도 틈새가 넓다/ 틈새 사이로 바람 숭숭 드나들고"라는 표현에서 알 수 있듯이 오래된 것들은 깎이고 부서지면서 둥글어져서 틈새가 넓어지는데, 그 틈새로 바람이 드나들면서 이 세상 것은

아닌 노래를 생성하는 것이다.

그러니까 결국 이 세상 것은 아닌 노래란 오래된 세월이 만들어내는 것이며, 세월이 형성하는 관용과 포용의 여유, 곧 다른 것을 너그럽게 받아들이고 수용하며 감싸주는 포용력에서 생성되는 것인 셈이다. 물론 다른 것을 너그럽게 받아들이고 감싸준다는 것은 앞에서 강조한 자연의 이치라든가 순리를 수용하는 것을 포함한다. 그러니까 이 세상 것이 아닌 초월적인 노래란 곧 우리의 뜻과 의지 위에서 그것을 기획하고 조정하는 어떤 큰 존재의 뜻이자 의지라고 할 수 있을 것이다. 시인은 이러한 존재의 노래를 듣고 있기에 생명이 지닌 신비에 경외감을 품을 수 있고, 결핍과 상실의 실존적 삶을 긍정하며 포용할 수 있었을 것이다.

지금까지 김수미의 첫 시집『나비를 보내다』를 자세히 읽어보았다. 시집을 해설하면서 맑고 정갈한 영혼을 만나는 것은 행운이다. 시인은 무슨 거창한 담론을 논하려고 하지도 않고, 무슨 심오한 메시지를 전달하려고 애쓰지도 않는다. 그러면서도 맑고 고운 영혼에서 우러나오는 정갈한 시심으로 삶과 생명과 세계가 지닌 신비와 그 섭리를 읽어내려고 한다. 그리고 거기에서 초월적인 존재의 그림자를 발견하고 그가 생성하는 이 세상 것은 아닌 노래를 듣는다. 이러한 노래는 시인이 삶을 긍정하고 상실과 결핍을 수용하는 힘이 된다. 독자들은 이러한 시인의 시의식과 메시지를 들으며 정화되는 정서적 고양을 경험하게 될 것이다.

현대시세계 시인선 **167**

# 나비를 보내다

지은이_ 김수미
펴낸이_ 조현석
기 획_ 김정수, 우대식
펴낸곳_ 북인
디자인_ 푸른영토

1판 1쇄_ 2024년 08월 15일
출판등록번호_ 313 - 2004 - 000111
주소_ 121 - 842 서울 마포구 서교동 460 - 34, 501호
전화_ 02 - 323 - 7767
팩스_ 02 - 323 - 7845

ISBN 979-11-6512-167-9 03810


책값은 뒤표지에 있습니다.
저자와 협의 아래 인지를 생략합니다.

**이 책은 충청북도, 충북문화재단의 후원을 받아**
**예술창작활동지원사업의 일환으로 발간되었습니다**